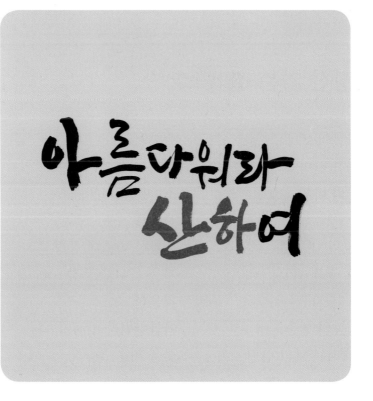

임영희 제6시집

도서
출판 행복에너지

목차

내장산 가는 길

작은 다리가 있는 풍경

아름답던 노을이여

용문사 은행나무

내장산
가는 길

설악산의 위용

바라보라 산의 위용을
구름 속에 싸여 저토록
높이 솟은 웅장한 자태姿態
아득한 동해東海를 내려보네

고즈넉히 지키고 서 있는
설악의 빼어난 모습이여
일만이천의 금강도 명산이라
칭송하고 있지만

설악의 남성적인 위용
그 뉘라서 칭송치 않으리오
오호라 동해를 굽어 보며
구름과 더불어 우뚝 섰네

수려한 산마을

병풍처럼 둘러싸인

빼어난 산의 자태를 쳐다본다

수려하니 우뚝 솟아오른 산山이여

빼어난 산에 기대어 노송老松조차

아름다운 태를 내고 있네

개울을 맑게 흘러가는 물소리

삼밭 가의 뽕나무는

언제쯤 다 자라 검은 오디를

열게 하려는가…

千年의 바위

세월이 조용히 눈을 감고
지친 몸으로 쉬고 있네
역사의 긴 수레바퀴를
가늠하느라 슬픈 바위여

흐르는 강물에
가슴 풀어 헤치고
오! 천년이 그곳에
누워 있음이네…

역사의 희비극喜悲劇을 삼키던
말할 수 없는 안타까움
너른 가슴 쓸어 내리며
달래어 온 그 연륜이여

흐르는 강물에 恨을 풀어
흘려 보내고
오! 천년이 그곳에
살아 있음이네…

운무

운무 낀 산허리

소 등에 올라앉아

소 몰고 가는 목동아

운무 자욱한 이른 아침에

어인 일로 나들이 하였는고

간밤 신선이 노닐다가 갔으련

운무로 하여 신선의 발자취

간 곳 모르는가

산山

좁은 협곡을 끼고 산이
의젓하게 마주 앉아
세월을 이기고 있다

수천 년 수만 년을
지내 보내고도
끄떡도 않고…

물은 물대로 흘려 보내고
구름은 구름대로 떠나가게
너그럽기도 하다

산이 거기 있어
산을 오르는 사람들
산의 기백 품고 오소서!

돌탑 나라

누가 저리도 아름답게
돌탑을 쌓았을까

돌 하나의 정성과 열정이
엉기어 공든 탑이 되었네

어느 동화의 왕국으로 가는
아름다운 길목 같아라

돌탑 왕국王國나라의
행복한 사람들

부끄럽지 않는 당당한 정신으로
거짓 없는 성실誠實한 마음으로

행복한 나라 만들었으면
힘들 때 마음껏 쉬어가고 싶네

돌담길

오래된 낡은 돌담길에는
우리들 유년의 흔적들이 고스란히
남아 즐거이 술래잡기를 하고 있다

쌓여진 돌맹이 하나에도
숨 쉬고 있는 시간의 축적
조상님들의 숨결이 느껴지고

가장 아름다운 추억으로 가는
돌담길 정겨움으로 하여
눈시울 뜨겁게 하네

세월 가고 살아가는 풍습조차
변해 버려도 삶의 뒤안길에 남겨진
정겨운 돌담길이여

온전히 그대로의 모습 오래오래
갈무려 후손 만대에도 아름다히
가슴속에 남아 있기를… 돌담이여

대청봉의 일출

이른 새벽 대청봉에
오른 이여
일출의 아름다운 장관
그대는 한아름의 행운을
잡으셨네

70 평생을 살아도
대청봉 한번 못 오른
사람들도 너무 많아…

그대는 명산을 오르는 기쁨과
일출의 장관을 맞이할 수 있었던
감회도 아주 컸겠지요

그대의 남달리 특출한 솜씨는
대청봉의 일출을 담아 많은 이들이
감상할 수 있는 기회와
행복함을 나누어 주심은
참으로 크낙한 은혜로움…

비 내리는 날의 산길

후미진 산길을 따라
비가 내린다
산이 자욱히

안개를 피우고
바람 따라 빗줄기가
흔들린다

적막하리 만큼
산이 우는 소리

비 내리는 날의
숲이 우는 소리
혼자서는 너무 외로웁다

때로 너무 고적해서
가슴이 떨리고

우우 소리치는
비바람 소리에
소스라쳐 놀라는 산길

그 고적한 길을
왠지 오늘은 벗이랑
걷고 싶다

살아 있는 산

산이 크게 숨을 쉰다
산의 숨을 받아
사람들이 숨을 쉰다
산의 이야기를 들으러
매일같이 산을 오르는 이는
행복하다

크고 웅혼한 산의 기를
받으러 주말마다
산을 찾는 이도 행복이다
높고 큰 산
살아 숨 쉬고 있는
산의 정기精氣

산을 오르지 못하는 이는
그리움과 꿈을 안고
산으로 가리라 꿈을 꾼다
산을 그리워하는 마음
산을 사랑하는 마음
살아 있는 산이여! 꿈을 꾸게 하는 산이여…

팔공산 가는 길

팔공산 가는 길
아름답기도 하다

꽃피는 봄이면
꽃대궐 되고

녹음 짙은 여름이면
청량한 푸른숲 대궐

가을이면 울긋불긋
아름다운 단풍대궐

대구시민의 행복한 안식처
보석보다 더 소중한 쉼터

팔공산 가는 길
즐겁고 행복한 길

대둔산의 가을 빛깔

대둔산도 금강산의
한 자락처럼 아름답다
산을 사랑하는 사람들은
전국의 명산을 찾나 보다

산을 오를 때마다
감회가 새롭고
돌아올 때의 포만감은
가슴가득 행복함이리라

산을 사랑하는 사람들은
절망을 모르리라
마음 가득 포만감을 안고
돌아오는 풋풋한 자존감

산은 언제나 한 곳을 지키고 앉아
묵묵히 우리를 기다린다네
늠름한 대둔산의 아름다운
가을 빛깔이여!

내장산 가는 길

태고적 정적을 느끼며
짙은 녹음이 소름 돋을 듯
푸르른 내장산 가는 길
초록빛 향기가 전신에 스며들어
몸도 마음도 마냥 젊어지는 듯한
청량함과 감미로운 흥취

골 깊은 산의 정적이
마음을 사로잡아 7월의
내장산은 영혼을 울린다
푸르른 생기로 하여 펄펄
들끓고 있는 산이여
그대의 몸부림이 시월이 오면

붉게 타올라 불꽃같은
단풍이 되는가
가장 아름다운 단풍으로
명성을 떨칠 때 내장산은
더욱 잊을 수 없는
명산이 된다오

백암산 가을 풍경

그윽하고 아늑한 정적이
그곳에 있네

요란하지 않게 조용한
가을빛을 품고 있는

연못 가득 그림자를
드리운 가을이여

깊이 사유하기 위하여
가을은 존재하는가

가을이 거기 있어
삶의 행적이 더욱 풍요롭네

겨울 설악산

항시 늠름한 모습의 설악산이

사람들을 설레게 한다

듬직하니 지키고 있는 산봉우리들

봄, 여름, 가을, 겨울

철마다 얼굴빛을 달리하고

사람들을 흠뻑 반긴다

너무 사랑하게 한다

설악산이 이제 눈꽃을 쓰고 참으로

신비롭게 겨울 단장을 끝냈다

설악산 바위꽃

설악산 울산암이
마치 바위꽃 같다
큰 연꽃봉오리 같기도 하다

한밤새 울산에서
옮겨 왔다는 전설을 품고
반만년을 넉넉한 품으로

동해를 바라보는 그 늠름한
모습이 너무 멋스럽다
변함없는 웅장雄壯한 자태

설악산의 명성은
울산암 바위꽃의 변함없는
웅혼한 멋 때문이리라

솔향기

소나무 짙푸른 그늘 그곳에 가면
늘 그리운 솔향기 그득하리라

세월의 무게 가득 싣고 우거진
소나무 아름다운 풍경 정겨웁네

사시사철 풋풋한 싱그러움
그 솔향기 무엇에 견주어 보랴

어느 산을 간들 눈길을 끌어가는
청청하니 늠름하고 꿋꿋한 멋스런 자태

언제 보아도 마음을 사로잡아
금수강산 솔향기 으뜸이어라

지리산 설경

눈아 눈아 산에만 내려라
눈 내린 지리산의 정경이
너무 아름다워
겨울산을 찾은 이들의 마음
한량없이 맑고 순수하게
닦여지겠네

눈꽃 덮인 겨울나무들의
환상적인 정경 잊지 못할
추억이 되고…
때로 꽃보다 아름다운 설경
명산 지리산의 모습이
말할 수 없는 우월한 기품이 되네

거기 그렇게 지키고 있는
겨울 지리산이여
참으로 몽환적인 자태…
위험을 무릅쓰고 겨울산을
오르는 이의 마음 이제서야
헤아릴 수 있을 것 같아라

소나무의 위용

보라! 세월의 장엄함을
천년을 날개 펴고
늠름함을 자랑하노라

푸른 절개도 굳거니와
세월을 짊어지고 뻗어난
팔들을 보라

인간의 삶이 고작 일백 년
천년을 가늠하는 저 솔(소나무)을
바라보고도

고개 숙이지 못하는
만물의 영장이라 뽐내는
사람아…

〈청도 운문사 처진 소나무의 위용〉

산마을

빛나는 五月의 연두빛 산마을
고운 햇살이 내려
마을 풍경이 생기롭다

옹기종기 모여 서로 떠나지 않고
이웃하며 살아온 세월
산마을이 정겨웁다

저 담녹색淡綠色과 초록빛과
연두빛의 현란한 채색彩色의 조화
오월이 아니면 느낄 수 없는

싱그러운 푸르름에 싸인
산마을이 마냥 고향을
그리웁게 한다

주왕산 학소대 풍경

경북 청송 주왕산의 학소대
주변 풍경이 너무 아름답다
더 달리 표현할 재주가 없어
아름답다는 말밖에 할 수 없는…

웅혼한 바위의 위용 앞에
저절로 위축되는 마음
자연의 경이로움에 다시 한 번
감탄을 하고 맙니다

산이 깊어 더 우렁찬 물소리
명산은 언제 어느 때나 사람의
발길을 부르고
산이 내뿜는 활기로운 정기精氣

가슴과 마음으로 흠뻑 마실 때의
그 신선하고 상쾌한 감동
비가 내리는 우중에도
명산을 찾아 즐기는 사람들…

말로 글로도 쉽게 표현할 수 없는
우리 강산의 아름다운 산들
끝없이 아끼며 사랑하리라
자랑스런 주왕산이여

겨울 욱수골 풍경

푸른 잎새가 하나 없는 겨울 욱수골
황량하기 그지없다

풍성한 녹음과 단풍으로
고향을 그리워하게 하던

이제 정감 없이 그저 쓸쓸함만
안겨 주는 욱수골

봄 여름 가을 계절마다
아름다운 채색으로 빛나더니…

이제 곧 화사한 꽃 빛깔의
봄이 눈부시게 피어나겠지요

봄을 기다리는 마음은
예나 지금이나 한결같네

겨울산

산이 우뚝 솟아 있다
산이 좋아 산에 오른다

겨울 앙상한 나무들이
눈꽃을 쓰고 황홀하다

겨울산의 향기 고개 들어
바라보는 하늘도 좋다

언제나 새로운 감동
산너머로 솟구치는 꿈

꿈은 어느 때 잠시 잊을 뿐
영영 사라지지 않는다

겨울산에도 꿈이
꿈틀거리며 숨 쉬고 있다

아름다워라 山河여

드높은 하늘
우뚝 솟은 山들의 웅자
유유히 흐르는 강물들이여

우리가 살아온 이 땅
어느 곳을 둘러보아도
참으로 아름다운 산하

유구한 역사의 아픔과 긍지
피 흘린 전쟁과 평화의 따뜻한
공존을 우리는 알고 있노라

사랑하는 내 나라
아름다운 금수강산
아아! 정겨운 사람들…

노상 하늘을 우러르며
순백한 마음으로 살으리
어느 때 보아도 아름다워라 우리 山河여!

꽃을 피운 돌

경북 청송에서 꽃을 피웠다는
아름다운 돌 한 송이 크낙한
국화꽃을 피우고 있네요

솜씨 있다는 사람보다 더 멋진
자연의 솜씨 그 세월을
우리가 가늠할 수 있을까요

보고 있노라니 더 감탄스러운
세월과 자연이 더불어 빚어놓은
참으로 아름다운 경이로움이여

숲길

두 손을 잡고 숲길을 걷고 싶어요
안개 자욱한 저 숲길의 비밀스런
정취에 흠뻑 젖어 보고픈 그리움도
줄곧 피어나게 하네요

사랑하는 마음 사랑스런 눈빛으로
서로 바라볼 수 있음도 행복하리니
그대여! 꿈속 저 숲길로 오소서
밤새 그리움을 안고 기다리리다

불타는 산

산이 불타고 있네
활활 붉게
불타오르는 山

바라보고 있노라면
마음도 불타올라
산이여! 가을 산이여

그대가 불타는 동안
사람들도 그대를 따라
붉게 활활 불타고 있다네

멈출 수 없는 열정으로
아름다운 자연을 뜨겁게
사랑한다네

산이여! 가을 산이여
마음껏 불타오르라
활활 불타오르라 산이여

꽃만큼 아름다운 단풍

시월이 갔습니다
꽃만큼 아름다운 단풍을 남기고
바람처럼 가버렸습니다

11월엔 더 깊은
가을의 우수가 우리를
사색케 하겠지요

그토록 불꽃처럼 타오른
아름다운 단풍들이
2014년의 기억 속에

깊이 각인되고
마지막 잎새까지
바람따라 가버리는 날

가을의 흔적은 영영 사라지고
그 첫 겨울의 서막 같은
흰 눈이 내렸으면 좋겠네요…

감나무에 열린 가을

높고 푸른 가을 하늘이
바다를 닮아 있고

멋스럽게 잘 자란
감나무는 빨간 가을을

탐스럽게 달고 온통
가을을 뽐내고 있네

보는 것만으로 풍성해지고
가을의 풍요가 너무 아름다워

노상 가을이 쓸쓸한 것만도 아닌
정겹고 소담한 풍경이 되고

가을이 남기고 가는
아련한 그리움들…

겨울이 오는 길목
가을을 그리워 하리라

가을 길

길은 늘 거기 있었네
가을이 쏟아 놓고 간
가을 길

고운 빛깔일지라도
스산해지는 가을 길
낙엽이 되어 누운 단풍

혼자 밟기에는
너무 쓸쓸한
가을 길…

그대가 바라보는
가을의 단상은 어떤가
곁눈질하고 싶네

가을이 다 스러지기 전에
그대여 가을 길로 오소서
숨겨 놓은 그리움과 더불어…

현풍 오백년 느티나무의 위용

오백년 세월의 위용을 눈으로
볼 수 있음은 행운이리라
용트림하며 세월의 고난을
늠름하게 당당히 이겨온 모습

사람의 세월이 겨우 일백년일진대
나무의 세월은 천년도
바라볼 수 있음이 자연의
위대함이라 칭송하리까

나무여 나무여! 마을 수호목이 된
현풍 오백년 느티나무여
천년 세월도 넘어 오래오래
자랑스럽게 생존해주오…

폭포

한 필의 흰 비단을 풀어 놓은 듯
결 고운 폭포가
너무 아름답습니다

그 물결에 손 담구고
마음의 더위도 식히고 싶어요

산이 깊으면 골이 깊다더니
몇 길 떨어지는 물소리
마음까지 식혀 주겠네

아름다운 여름 산이여!
한 폭 청량한 명화를 보는 듯

작은 다리가
있는 풍경

호수와 봄

봄날 호수의 물결은 비단결 같다
엷은 봄바람이 어우르는 잔물결
사르르 녹아나는 솜사탕 같네

호수 곁에서 봄을 즐기는 벚꽃나무
어느새 만개했던 꽃잎을 다 떨구고
녹색의 여린 잎으로 단장한 몸

그래도 봄은 여전히 아름답기만 하고
하늘과 나무와 호수의 정겨운 해후
거기 한 폭의 그림 같은 봄 정경情景이여

이슬 한 방울

나뭇잎에 떨어진 이슬 한방울
또 한 방울 두 방울 세 방울 모여

작디작은 산속 옹달샘이 되고
계곡을 따라 흐르는 물이 되네

이윽고 이슬 한 방울의 물이
강이 되어 바다에 이르고…

시간이 흐르는 순간 속으로
삶이 녹아 함께 흐르는 세월

뉘라서 그 세월 가지 못하게 하랴
흐르는 강물 따라 흐르는 인생이여!

호수 위의 분수여

마냥 높이 쏘아 올리렴 분수여
잔잔한 호수의 나태를 일깨우려
그대는 언제나 분주히 뿜어야 한다

물밑과 물위의 소통 그대가 잠들면
의미가 없네 스스로 깨우쳐
일어설 수 없는 호수의 안타까움

분수여 높이높이 비약하라
호수의 원대한 꿈을 대신하여
욕망은 푸른 창공에 맞닿고 싶다네

호수의 욕망을 위해서 분수여
높이 솟아오르라 끝없이 힘차게
보이는 건 希望이다 빛난 꿈이다

꿈은 아름다운 미래다 미래를 향한
새로운 도전과 희망을 위하여
분수여 끝없이 뿜어 올리렴!

물소리 들으러 가요

수정처럼 맑은 물 흐르는
청결한 계곡
바위에 걸터앉아
우리 옛 이야기 해요
물 맑음이 그리 아름다운 것인 줄
몰랐었지요

세상이 조금씩 더럽혀지고
혼탁해지거늘
人情조차 메말라 가서
사람답게 살기 위해
우리 한마음 한결같은
情으로 살아요

저 흐르는 물결을 보라!
티 없이 맑은 거울 같네!
그래도 아직은 우리 곁에
맑고 깨끗한 물이 흐르고 있어
행복한 마음 우리 맑은 물소리
들으러 가요

꿈꾸는 호수

호수는 늘 투명한
거울이 되어 가만히
하늘을 비추인다

바람조차 호수의
수면 위에서 조용히
노닐고 있나 보다

새들의 유영이
늘 한가롭고
무척이나 정겨웁다

거기 호수가 있어
산이 조용히 잠겨 있고
작은 마을은 호수 곁에서 아늑하다

그리운 이들이여!
올 휴가는 아름다운 호숫가에서
마음껏 쉬어 가소서

환상의 바다

물빛 고운
바닷물에 실려
나는 꿈을 꾸네

아이들은
상아빛의 모래벌에서
모래성을 쌓으리라

물빛 고운 저 바다는
바다가 아니라
환상이다

꿈속에서나
만날 수 있는
환상의 바다!

하늘빛과 구름 바다
상아빛의 모래벌
환상 속에서 꿈을 꾸리라

사랑하는 그대들이여
꿈속 나의
바닷가로 오라

순결하고 아름다운
마음으로만 오라
환상의 바다로…

밀양 호박소

물이 수정처럼 맑아서
물밑 조약돌이 그대로
비추이네

맑은 물빛 속에는
혼이 살아 숨 쉬고
있다오

사람이 자연을 사랑하고
아끼는 깨끗한 마음이
담겨 있다네

여름날의 행복이
투명한 호박소의
물속에 가득 고여 있네

아직은 희망이 보이는
아름다운 자연의 빛과
소리여…

외로운 작은 연못

아담한 작은 연못 정겨웁고나
밤마다 찾아 온 별들과 달의
그림자 안고 울지 않았니
외로움에 지쳐
그리움에 사무쳐
작은 연못 서러웠을까

보는 이는 정겨웁다 하여도
노상 혼자 그렇게 주저앉아
하늘과 바람과 눈과 비 사철이
하염없이 스쳐 지나가는 시간
고요히 그렇게 주저앉아 있는
외로운 작은 연못

메마른 속새 스산거리는
소리에 귀 기울이며 오늘도
그저 그렇게 봄을 잊은 듯
작은 연못 조용히 누워 있는가
따스한 가을볕 쪼이며
오수午睡를 즐기고 있는가

〈속새: 식물(풀) 이름〉

그리운 고향의 봄

내가 자랐던 고향의 풍경이여
낙동강이 흐르고
긴 다리 위를 오고 가던
그리운 날의 기억들

강둑을 걸으며
나누었던 숱한 이야기
작은 들꽃들이 피어 있고
낮은 산들의 능선이

정겨움을 자아냈던
어느 때 보아도 그리운 고향 산천
봄은 예나 지금이나
변함없이 찾아와

강물을 흐르게 하고
예쁜 꽃들을 만발하게 하는
봄 봄 봄 아름답고 그리운
고향의 봄이여

삼천포 풍경

삼천포엘 가보세요
거기에는 하늘과 산
그리고 바다랑 멋진
연육교가 있고

물색 고운 철쭉꽃도
눈부시게 피어 있어요
다정하게 모여 살고 있는
마을도 있지요

노상 드넓은 바다를 바라보고
사노라면 마음도 확 트여지고
시원한 바닷바람에 시름도
날려 보내지요

한 번이라도 구경 가세요
추억도 남기고 맛있는
해물 음식도 마음껏 드시고
아름다운 풍경

삼천포에 흠뻑 빠져들어요
멋진 연육교 위를 거닐고
해풍에 머리카락 날리며
정다운 대화 나누지 않겠어요…

작은 연못에는

밤새 작은 연못에는
꽃의 영혼들이 내려와
조용히 꽃을 피웠네

아름다운 수련꽃을
피우고 푸른 창포랑
일렁이는 바람

작은 연못에는
알 수 없는 평화가
숨 쉬고 있어요

휴식이 필요한
이들이여
작은 연못으로 오세요

솔바람까지 불어와
수련꽃 언저리에 맴돌며
치유治癒의 향기 뿜어준다오

비의 연서

창밖에 비가 내립니다
너무나 촉촉하여 여린 새싹들을
간지리는 것 같습니다

등불마냥 밝고 환한 목련꽃이
지고 눈부신 벚꽃도 흰 눈 내리듯
떨어졌습니다

다정한 빛깔의 보랏빛
라일락 꽃향기가 봄을 사랑하지
않을 수 없게 합니다

봄이 너무 찬란하고
아름다워서 왠지 슬픔을
느끼게 한다고…

봄비가 촉촉히 내리며
봄의 슬픔을 가만히
달래이고 있나 봅니다

섬

아득히 바라보이는
두 개의 작은 섬
그리움처럼 떠 있다

마치 오누이 같이
연인 같이
서로 마주보며

때로는 쓸쓸하고
또 그리워하고
사랑하는 그림자 같이

섬은 끝없는 바다의
외롭지 않는 그리움
서서히 잠겼다 떠오르고

먼 항해에서
돌아오는
여행자의 향수

섬
섬
섬

내 그리움도 섬…

작은 다리가 있는 풍경

거기 작은 연못에는
항시 그리움이 고여 있다

고즈넉한 산 그림자
잠들어 있고 바람소리

울부짖다 돌아가는
인적 드문 그곳

아름다운 작은 다리가
놓여 있는 정겨운 풍경

새들이 날아와
지저귀다 돌아가 버리고

가을이 저만치서
다가오는 소리 기다리는

언제나 그리움 같은
풍경이여…

오리 가족

잔잔한 호수 위
오리 가족 네 마리

한가롭게 유영을
즐기고 있네

고요하고 평화로운 정경 흐르는
물결보다 더 빠른 세월의 흐름

12월도 중순에 접어들고
나이듦이 꼭 서러움은

아닐 터인데도 쓸쓸한 마음
세모歲暮가 가까이 다가오는

스산함이런가 지나간 가을이
더 아련해지고…

오리 가족 네 마리
겨울 추위도 모르는가

아름다운 강가에서

아름다운 강가에서 살리라
따뜻한 햇살이 강물 위에
사뿐히 내려앉은 포근한 물결

두 손을 담그면 상큼한 물빛
배어들 것만 같은
가슴 설레이게 하는 유려流麗한 강물

햇살은 언제나 강물 위에서는
지치지도 않고 아름다운
그림자를 만드나 봅니다

강가에 늘어선 나무들
얼마나 늠름한지 잎새마다
다양한 빛깔로 마음을 사로잡네요

저 아름다운 강가에서 꿈을 꾸리라
세월이 가도 변치 않을 아름다운 꿈을
사랑하며 감사하며 행복한 마음이 되는 꿈을

경천대 노송

늘어 허리 굽어졌다 해도
흉보지 마오

저 아래 굽이쳐 흐르는 물결
그 물결소리 그리워

밤도 낮인 양 세월없이
귀 기울이고 있었노라

물결에 실린 세월이 가는 소리
그대 알리 없건만

그리움 싣고 가버린 세월
어느덧 허리 굽은 노송老松이라오

조각배

고요의 깊은 앙금이
덕지덕지 묻은
낡은 조각배

외로운 물새 몇 마리
그림자처럼 조용히
휴식을 취하네

주홍빛 엷은 노을빛에
물결은 게으른 듯
흐름을 멈추이고

기다림의 숙연한 그 세월
그리움들을 가득 싣고
시간을 멈춘 작은 조각배여…

거연정

옛 말에 정자 좋고 물 좋은 곳이
사람 살기 좋다 하였다네

거연정 현판글씨
아름답기도 하여라

'거연정居然亭' "자연에 내가 거하고,
내가 자연에 거하니"

길손들의 발길을 멈추게 하고
세상일을 잊게 하는 곳이라네

마을 사람들 여름 한더위
거연정에 올라 땀 식히고

조상님들의 훌륭한 은덕恩德
마음 가득 기리겠네

검푸른 물결 도도히 흐르고
돌병풍을 두른 듯

맑은 물소리 귀에 쟁쟁 울리고
솔바람 소리마저 들려오는 곳…

〈거연정: 경상남도 유형문화재 433호. 함양군 서하면 봉전리〉

남원 광한루 풍경

유월의 아침은 그래도 신선했다
아무도 없는 빈 광한루 우리는
마음껏 돌아보며 이몽룡과 춘향이
남긴 사랑의 발자취를 느껴보려 했네

넓은 연못 가운데 있는 작은 정자터에는
대나무 숲이랑 청청한 나무들이 우거지고
늦게 핀 철쭉꽃들이 정겨운
분홍빛을 자랑하고 있었다

돌로 튼실하게 놓여진 오작교 위엔
다니는 이 한 사람 없었건만
바라보는 이의 마음속엔
의연한 몽룡과 아리따운 춘향이 보이는 듯…

연못 가득 고운 빛깔의 잉어떼
발자국 소리에 모여들고
한가로움을 즐기지 못한 아쉬움이랑
인정 없는 나그네 빈손 부끄러워라

잔물결

솔바람에 잔물결 이루며
흐르는 작은 강물이여

푸르고 높은 가을 하늘 바라보며
쉬임없이 흘러 먼 바다에 이르는 꿈!

꿈이 있어 머나먼 여정길
은린 같은 잔물결 피우며

쉬엄쉬엄 흐르다가
지나가는 솔바람에 귀 기울이고

새들이 지저귀는 노랫소리
꽃들이 피어나는 아름다움

세상의 모든 변화 잔물결에 싣고
오늘도 하염없이 바다로 가누나!

울산댐 풍경

물은 생명의 원천
물빛 고운 울산댐
그 아름다움에 매료되다

아름다운 자연만큼
사랑해야 할 우리들 의무
자손만대에 소중히 물려주리…

붉게 물든 가을산과 어울려
더 깊어진 물빛
암청색 물빛이 보석같다

가을이 쏟아놓은 눈부신 절경
보는 이들의 마음
청량한 행복감을 느끼게 했네

세월이 가도 변함없는 굳은 바위여
흐르는 물결 고즈넉히 바라보면서
사계절의 변화무궁함 눈여겨보았거늘…

우리의 아름다운 산하山河
뉘라서 사랑하지 않으리오
가을날 물빛 고운 울산댐 풍경이여

영덕항 갈매기

봄볕살에 갈매기들이
나란히 앉아 있는
귀여운 모습

대게랑 홍게로 유명하다는
풍문을 듣고 힘겹게 찾아왔는데
날을 생각을 않고 있네요

아님 먼 바다길 날아오느라
잠시 숨고르기를
하는지도 모르겠어요

갈매기들 귀여운 모습으로 줄지어
앉아 있어도 마음으론 싱싱한
대게랑 홍게 마음껏 먹고 싶을 테지요

거센 파도 위를 날으는
힘겨운 바다 여정 길은
체력도 있어야 하겠지요…

순천만 갈대숲

해풍에 서로 몸을 부비며
춤추는 갈대숲에는
수없이 많은 속삭임이 있으리라

봄 여름 가을 없이
그 자리 지키고 선 순천만
갈대숲의 이야기를 듣기 위해

사람들은 순천만의 갈대숲을 찾고
함께 걸으면 더 행복해지는 길
갈대숲의 노래랑 숨겨진 이야기를 듣는다

오래 묻혀진 시간의 말없는
침묵까지도 가슴으로 온몸으로 느끼며
추억을 만들어가는 아름다운 시간

갈대숲이 만들어 놓은
멋진 조형 그리고 정경들
표현할 수 없는 감동과 즐거움

자연이 베풀어 주는 감사함에
사람들은 따뜻한 가슴을 안고
행복한 마음으로 돌아가리라

순천만의 자랑스런 습지와
갈대숲이여
우리의 영원한 유산이 되어

사랑과 자랑으로 남아 있기를
아름다운 순천만이여
사랑하고 사랑하리라…

호수

그곳에는 늘 고요한
안락이 숨을 쉬고 있다
호수의 눈으로 바라보는
하늘은 너무 드높다

방황하는 이의 눈처럼
때로 휑뎅그렁한 하늘
바람이 불 때면
몸부림치는 호수…

늘 그렇게 바라보면서도
손잡을 수 없는 허전함
때로 지친 외로움으로 하여
눈물 흘리는 하늘

호수에 찾아든 아름다운 봄
잠시 머물다 떠날지라도
따스한 봄빛으로 하여
너훌너훌 춤추는 호수여…

강물을 보며

1.
누가 덧없는 세월이라
하였던가

4천년 세월을 담고도
소리 없는 강물의 의연함

강물 위 아우성치던 역사의
흔적은 어디에도 없다

유유히 침묵하면서 흐르는
강물 따라 삶이 흐른다

모든 걸 수용하고 포용할 뿐
강물이여! 강물이여

2.
그 곁에 조용히 앉아 하루쯤은
아무 상념 없이 벗이 되려니

나를 뚫어보는 맑은 눈빛으로
어리석음을 쫓으리니

이제는 슬픔도 욕망도 제 벗고
숙연한 마음으로 삶을 사랑하리

물빛에 어른거리는 지나온 삶의 흔적들
흐르는 강물에 조용히 띄워 보내리라

말 없음으로 깨우치게 하는
강물이여! 강물이여 영원하라

금빛 물결

금빛 물결 위에 조각배를 띄우고
홀로 낚싯대를 드리우고 있는 이의
뒷모습은 외로움이다

설령 외로울지라도 부유浮遊하는 시간의
적요를 깨칠 수 있는 건
몰입하는 순간을 소유하는 것이리라

외로운 이들이여! 금빛 물결 가득한
호수로 가라 그리해 시간을 낚으라
외로움과 바람과 사유의 바다…

삶이 그 한가운데서도 용솟음치고
금빛 물결의 찬란함이
그대의 우울과 외로움을 깨치리라

기다림의 시간 그 기다림의 무한
태동胎動하는 상념의 깊은 뿌리들
정녕 그 순간을 사랑하고 있으리라…

주남 저수지

주남 저수지의 풍경이
너무 고즈넉합니다

왜가리 한 마리 을씨년스런
모습으로 외롭게 서 있고

겨울 철새들의 보금자리
상상했던 철새들은 온데간데 없네요

벌써 철새들은 다 떠나 갔나봐요
고요한 여운으로 안기는 주남 저수지

철새가 찾아 왔을 때
그곳에 가보리라

무리지어 날으는 철새들의
자유로움이 부러워서

나 그곳에 가서 마음껏
철새 그득한 풍경에 취해 보리라

누가 대왕암에 다리를 놓았나

1.
대왕암에 관한 안내문을
보노라면 참으로 역사적으로
고귀하고 신성한 곳임을 전하고
있습니다.

검증할 수 없는 역사이든
또는 전설이라 하더라도
이미 천년을 넘긴 세월을 품고 있는
신라의 역사…

대왕암은 우리가 다리를 놓아
수많은 사람들이 밟고
지나가서는 안 될 숭고하고
아름다운 역사로 전설로

영원히 보존되어야 할 곳이 아닐런지요
대왕암에 놓여진 다리를
보는 순간 알 수 없는 울분 같은
감정이 솟구치는…

2.
자신의 발로 밟아 보아야만
관광입니까
눈으로 바라보며 마음으로 감동하며
역사의 뜻과 또는 전설의 아름다움에

깊이 젖어보면 안되나요
누가 저 고귀하고 숭고한 역사적
기념비적 장소에 친절하게도
오점을 남겼습니까

대왕암은 정말 자연 그대로
대한민국 후세만대에 전해야 하는
보물 우리가 아무렇게나
밟아서는 아니 될

자연유산이며 정신문화유산으로
길이길이 보존되어야 할
귀중한 역사적 유산이라
생각해야 하지 않을까요…

금호강 철새

올겨울 한파가
무척이나 매서운가 보다

철새들의 웅크린 모습이
애처롭게 보인다

날렵한 모습으로 물 위를
유영하는 모습 볼 수 없는…

그래도 아직은 꽁꽁
얼어붙지 않은 금호강

겨울 새떼들이 날아와
마음껏 쉴 수 있음도 다행이어라

가야산 계곡

가만히 귀 기울이고
가야산 계곡 맑은 물소리에
내 마음 실어 봅니다

어디서 솔바람 불어오듯
솔향기에 취하고
계곡을 구르는 물소리까지

나는 꿈속이듯
비몽사몽 혼미한 생각으로
가야산 푸른 계곡에 젖어듭니다

아름다운 우리 산천을
마음껏 다닐 수 있다면
얼마나 행복한 일인가

하루의 일상에 얽매여
언제나 그리워하고만 있는
주변머리 없는 나

그리워하고 그리워하면서
맑고 청청한 가야산 계곡 영상에
흠뻑 취해봅니다

오리들 행복하겠네

연꽃이 만발한 연못
상상만 해도 그윽한
연꽃향기가 코끝을 간지리는 듯

풍성한 연잎의 푸르름은
또 얼마나 풋풋할까
연꽃 사이로 연잎 사이로

헤엄치고 다니는
오리들의 모습이
눈에 선하게 떠오릅니다

푸른 연잎 위로 구르는 밝은 햇살
연꽃을 어루이며 부는 바람
오리들은 너무 행복하겠네

바람아 불어라 연꽃향기 훗날려
바람에 실린 향기 사위로 날아가
저 먼 외로운 이들 마음까지 달래주렴…

갈매기의 휴식

드넓은 바다 위를 날아
지친 날개 잠시 쉬어

더 높이 더 멀리 날기 위해
갈매기는 휴식에 몰입한다

파도가 밀려오는 바다의 위용
두려움을 잊기 위해서

갈매기들은 언제나
무리를 지어 휴식을 취한다

망망대해 위를 날으는
갈매기의 꿈

더 높이 더 멀리 비상飛上하는
파도 위 투영되는 제 모습에 취해

갈매기들은 바다를
떠나지 못한다

잠시 휴식하는 시간일 때도
먼 바다를 꿈꾸듯 바라본다

아름다운 폭포

결 고운 흰 비단 풀어놓은 듯
아름다운 폭포

보는 이의 마음까지
씻어가는 청량함

고운 꽃들까지도
설레이게 하네

자연이 베푸는 그 아름다움에
깊이 감사하는 마음 키우랴

사랑하며 사랑하며
아름답게 보존되기를 기원하리… 폭포여

추암과 해국

우뚝 솟은 추암의 기를 받아
보랏빛 해국이
너무 튼실하다

푸른 바다의 물빛을 닮아
해국은 또 그리도
선명한 보랏빛인가

너른 바다의 파도소리
그 잠들지 못하는 소리에
해국은 지치지도 않았는가

추암 촛대바위에서
넌지시 해맑은 미소를 보내며
보랏빛 해국海菊은 행복하다

그리운 채석강

왜지 모르게 어느날 갑자기
채석강이 그리워집니다

지난해 친구랑 채석강을 등지고
찍었던 사진들을 보며

불현듯 가슴이 멍멍해지고
곧장 눈물이 날 것 같은

그날에 남겼던 아름다운 기억들이
새삼스럽게 마음 설레게 합니다

채석강을 바라보며 한동안
산책할 수 있었던 시간들…

흐드러지게 핀 야생화를 찍으며
밀려드는 감회에 벅찼던

그 자유로운 시간에의 그리움이
남은 삶 속에서 자양분이 될 것 같네요

반곡지의 풍경

경산 반곡지의 안개 자욱한 풍경이여
안개 속 유유자적 노를 젓는 이의 모습
보는 내 눈에는 참으로 유유자적
한가해 보여도

노를 젓는 이의 뜻은 아무도 모르리라
이른 새벽녘일까 이른 아침일까
고기를 잡으러 나오신 것일까
안개 자욱한 풍경이 주는 고즈넉한 신비…

오라 어쩌면 저 아름다운 반곡지의 봄
둑 위에 모여 있는 적지 않은 사람들
봄이 물들어 오는 경산 반곡지의
아름다운 풍경이 마음을 사로잡아

이른 봄이면 해마다 사람들이
모여드는 안개 자욱한
경산 반곡지의 아슴한 봄 아침
물안개 피어오르는 그윽한 풍경이여!

모래톱

푸르른 바다
바닷가 모래밭
바닷물이 밀려와 부딪히는
적나라한 정경情景

그 정경이 만들어내는
아름다운 모래톱
눈으로 볼 수 있는
모래톱이 너무 신비롭다

혼히 볼 수 없었던
바람과 파도와
자연이 만들어 낸
경이로움이여

꽃만 아름다운 것이 아니라
세상의 모든 정경이
보는 이로 하여금 경이로움과
아름다움으로 하여 취하게 하네

강물

오늘도 지하철을 타고 한강을 건넜다
햇살에 반짝이는 잔물결
푸르기보다 은빛 물결이다

유유히 흐르는 강물을
가까이에서 바라본다는 것도
크낙한 기쁨이다

어린시절 낙동강을
늘 바라보며 살았던
기억도 마음을 따뜻하게 한다

목요일은 내 생활의
가장 즐거운 힐링의 날이다
어느새 17년째다

늘 행복한 마음이 되고
고향 벗들과 만나 함께 노래하며
하루를 즐길 수 있음이 너무 감사하다

수초들

경주 보문단지 연못가
키 큰 수초들

너무 오랫동안 볼 수 없었던
수초의 모습이
오늘 너무 반가웁다

유년을 떠나서 한가롭게
수초가 있는 연못이나 강가를
찾은 적이 없었기에

이제는 까마득히
수초를 본 기억이 멀다

갈대가 있고 파란 싹이
보이는 것은 씨앗 떨어져
자라난 버드나무인가

발을 엮은 듯 촘촘히
서 있는 수초들
낯설었던 풍경이 오늘 새롭게 다가와

아버지를 따라 동생과 함께 다녔던 강가
고기들이 숨어 있던 그때의 수초들도 상기되네

아름답던
노을이여

노을 1

하늘이 불타고 있는 걸까
강물이 온통 불타고 있지 않는가
강물은 하늘을 비추이는 거울
붉게 물든 강물…
누가 하늘을 불타게 하였나
하늘의 심장에서 뿜어나는 불꽃
하늘을 노하게 하지 말라

강물은 언제나 하늘의 얼굴
바라보며 사랑을 약속 받고져 한다
하늘과 강물의 뜨거운 약속을
지켜보고 있는 사람아
무엇이 그대로 하여금 불타는
강물을 관망하게 하는가
노을과 강물과 열정의 사람이여…

구름 따라 강물 따라

강물이 흘러가는 건
구름을 따라가기 때문이라네

구름이 흘러가는 건
흘러가는 세월 때문이라고…

세월도 구름도 흘러가지를 마라
사람의 청춘도 가지 않을런지

강물아 구름아 그냥 거기 있으려무나
세월도 그냥 거기 가만히 있을런지…

한 송이 민들레 꽃씨는 세상의
어디쯤에서 다시 꽃을 피울까

노을 2

아름답지 않는가 타오르는 노을
타오르는 것인지 지는 것인지
알 수 없는 노을…

지기 위해 아름다울 수 있는
노을의 신비라고 할까
인간의 최후도 아름답게 지는

노을처럼 여운을 남기며
아름답게 질 수는 없을까
신비의 노을이여…

인간의 생명이어 노을에 비친
세상이 너무 곱다 눈부시다
삶이여 열정의 삶이여

삶이 질 때도 아름다운 여운을
남기며 떠나갈 수는 없을까
노을처럼 빛을 남기면서…

구름 따라 흐르는 人生

너무나도 아득하게만
느껴지던 삶의
여정길

어느 날 문득 뒤돌아
보는 것 같은 당황스런
70여 년의 삶이여

삶이 흔적들은
어느 한 곳에도
머물러 있지 않고

희뿌연한 안개 속에서
고즈넉히 나를
건너다 보네

구름 따라 흐르는 人生
다시 돌이킬 수 없는
인생이…

아름답게 꽃 피는
五月에도 구름 따라
쉬임 없이 흘러가네

바람 부는 날

바람이 가슴을
스쳐 갔다

넓은 벌판을
달려온 바람이
나뭇잎을 어우르고

내게 다가와
속삭여 준다

켕한 가슴에
차곡차곡 쌓여지는
바람의 소리

바닷가에서
산 위에서
강가에서…

세상을 두루 스쳐온
바람의 위무慰撫

가슴을 열고 한아름
취하노라면

슬픔도 회한도
모두 부질없어라

바람 따라 훌훌
온 세상 달려보고 싶은 날…

무지개

마음의 무지개가
피어나던 젊은 날의 꿈
그리고 너무 아득하여
삶이 두려웠던 시절

비온 뒤의 무지개는
왜그리 아름다웠는지…
사춘기의 징검다리를 건너
청춘의 매서운 시련들

다시 분주한 삶의 한복판에서
마라톤 마냥 달려온 인생
자녀들은 성장하여
떠나가고 남겨진 삶

제2의 인생도 저물어
황혼의 끝은 어디일런지…
아름다운 무지개를 보며
꿈을 꾸던 꿈같은 옛날이여!

일출을 바라보며

해는 언제나 또다시 떠오릅니다
수없이 많은 날 일출을 바라보며
아무 의미 없이 하루가 가면
또 하루가 다가오는 일상에 젖어

살아온 예순 아홉 해
까마득하게 그리움이 밀려옵니다
내 생애 무엇이 되고져
몸부림쳤었던가…

끝없는 노력과 열정에
생명을 걸었던가
때로 부질없어 했고 포기하며
돌아섰던 때는 부지기수

삶이여, 인생이여!
해는 내일도 또 그렇게 떠오르겠지요
나머지의 삶 더 열정적으로
사랑하며 살리라

구름 한 점

두둥실 구름 한 점이
여행을 떠나네요

푸르고 드높은 가을 하늘
어느 누구도 방해하지 않는

허허로운 창공
제 마음대로 제 멋대로

두둥실 떠나는
구름이 너무 부럽습니다

저 흰구름처럼 나도 두둥실
높고 푸른 가을 하늘을 떠다니고 싶어라…

대숲에는

바람 불어 흔들리는 대숲에는
내 마음도 함께 흔들린다오

사스락 사스락 아무도 알지 못하는
댓잎이 말하는 소리

무얼 하소연 하는 것인지…
외로움을 고백하는 것인지…

가녀린 몸매로 올곧게 자라
바람이 불 때마다 스산스런 몸짓

아무도 모르는 댓잎의 노래련가
애련함으로 목 놓아 우는 호곡소리련가

하늘을 보네

푸르른 창공 마음을
씻어간다

때로 울울한 심경
뉘게 말하리

주저하고 망설여질 때
저 푸른 하늘을 보라

저토록 맑고 아름답게
빚어진 광대무변한 창공

알 수 없는 신비함과
감사한 마음

때로 이슬 같은 눈물이 뵈는
고요의 위안을 본다

흰 구름 되어

두둥실 흰 구름 되어
자유롭게 떠다니고 싶어라

온 세상 위에서 곱고
아름다운 것 죄다 보고

아름답고 고운 마음으로 사는
사람들의 마을로 가서

늘 푸른 숲과 아름다운 강물이
흐르게 하는 단비가 되랴…

드넓은 푸른 하늘 두둥실
마음껏 떠다니는 흰 구름

떠돌다 떠돌다 지치면
그 자리 멈추인 채

멋진 산맥이랑 아름다운 강
그림 같은 정겨운 마을 내려다보며

사람과 사람이 나누이는 이야기
행복한 모습 눈여겨보랴…

바람이 머무는 곳

지친 시간의 외로움과
마냥 기다림의 슬픈 그림자가
거기 머물고 있습니다

어느 한 순간이라도
마음이 여유로울 때
그대여 저 한적한 시간의
적요를 사랑하지 않으렵니까

세상의 잡다한 번뇌를 떨구며
바람과 숲과 나무들의 이야기
깊이 들이킬 수 있는 호흡까지

한나절을 명상할 수 있다면
더없이 행복할 것만 같은
은밀한 가을의 속삭임이 있는 곳
그대여! 저 바람이 머무는 곳으로 오소서

귀향

서둘러 돌아가는 길이
너무 급한가 보다

달을 벗 삼아 밤하늘을
쉬임없이 날아가는 철새들

수백만 리 머나먼 길
길은 잊지 않았던가

무리지어 정연한 모습
참 아름답구나 철새여

다시 되돌아오는 날
그때도 지금처럼 서두르겠지…

때로 떠나갈 수 있고 다시
되돌아올 수 있음은 행복한 일 아닌가

철새여! 푸른 달밤의 아름다움만큼
가슴에 흔적을 남기는구나!

뭉게구름

여름 어느 날 한낮의 빛이
너무 투명하여 문득
하늘을 바라본다

하늘은 푸르고
자유자재로 피어오르는
뭉게구름들

흰솜털처럼 부풀어 오르다가
어느새 고운 깃털이 되어
사위로 흩날리는…

너무 자유로워 나도 모르게
두 팔을 활짝 펴 하늘을
날아오르는 환상에 젖는다

살며시 눈을 감고 심호흡하며
푸른 하늘 큰 뭉게구름
그 뭉게구름 되어 맘껏 하늘을 떠돈다

유년의 고향집도
꿈꾸던 청춘 행복한 시절의
그 모든 시간에의 그리움까지 회상하며

지칠 줄 모르고 하늘을 헤매이는
무더운 여름 한낮의 꿈
나는 뭉게구름이 된다

구름과 꽃과 물소리

흰 구름 두둥실 여행을 떠난다
맑고 푸른 하늘을 벗 삼아
마음껏 자유롭게 떠나는 구름여행길

산이 거기 있어 내려다볼 수 있는
세상은 너무 아름답고 꽃은 피어
더욱 황홀하게 세상을 꾸미누나

산의 야망이여 골짜기마다
넘쳐흐르는 청량한 물소리
꽃은 또 얼마나 흐드러지게 피어나

산이 좋아 산을 오르는 이의
마음을 설레이게 하는가
구름 좋은 날의 아름다운 풍경이여

그 노을

해지기 전 서쪽 하늘
저녁노을이 곱다
어느 땐 너무 황홀한 빛깔에
넋을 잃고 바라보기도 하고…

어느 바닷가에서
바라보던 그 노을은

더없이 넓고 아름다워
세월 가도 잊을 수 없는
바다를 좋아하는 나는 바닷가
그 노을 지금도 잊지 못하네…

황혼 1

때로 노을이 질 때 참으로 장엄합니다
가슴 벅찬 감동을 느낄 때도 있습니다
하루의 일과日課를 끝낸 태양太陽이 일정을
다하는 순간의 마지막 노을의 장엄함이…

나는 길을 가다가도 잠시 멈춰 한동안
넋을 잃은 듯 바라보기를 합니다
이제 나의 인생도 어쩌면 서쪽 하늘을
아름답게 황홀하게 물들인 노을의 장엄함

일몰 직전의 아름다운 노을마냥
나의 황혼도 어쩌면 가장
아름다울지 모릅니다
그 순간이 짧을지라도…

짧을수록 진실하고 순수하게
빛나는 모습으로 살고 싶습니다
인생의 마지막 결산을 위해 할 수 있는
일은 무언가 깊이 생각해 보렵니다

하늘

오늘 그대가 우울하다면
고개 들어 하늘을
바라보라

때로 구름이 뒤덮일 수 있어도
드높은 하늘
맑고 푸른 하늘이

언제나 거기 있으니
땅 위의 온갖 잡다한
근심걱정…

외로움과 아픔의
모든 것들로부터
잠시라도 피할 수 있는

그 짧은 느낌이라 하여도
심호흡을 하며
오를 수 없다는 체념이 아니라

언제나 누구일지라도
마음껏 바라볼 수 있는
자유로움

그 자유로움으로 하여
한 순간 되돌릴 수 있는
마음의 여유

오늘 그대들이여
잠시라도 하늘을 보라
저 드높은 하늘을…

꽃과 구름과 언덕

넓디넓은 언덕 위
푸르른 꽃으로 하여
너무도 상쾌하다

드높은 파란 하늘에는
흰 구름 떼가
휘날리듯 흐르고

꽃과 구름이 어우러진
저 풍경은 그야말로
꿈결 같다

외로운 듯 서 있는
늘 푸른 소나무 한 그루
나무가 있어 더 아름다운 풍경

하늘과 구름과 나무
그리고 수많은 사람들
만발한 꽃들의 향기

지상의 낙원 같은 곳
사람들은 저마다
아름다운 삶을 꿈꾸리라…

가을 하늘 1

너무 청명하다
마음도 상쾌해진다
드높은 하늘에 흰 구름이
두둥실 떠돈다

지나간 것은 쉽게
잊혀지는 걸까
가을 하늘에는
구름이 없는 줄로 기억했다

근래에는 흰 구름이
더 시선을 붙잡아 간다
아! 가을, 가을 하늘
거기 지나간 꿈들이 떠 있다

가을 하늘 2

이토록 청명한 가을 하늘을
주신 이여 감사하오이다
그제만 하더라도 '하이선' 태풍을
보내시어 온 나라 안의 마음을
써늘하게 울리시더니
무슨 마음이십니까…

노상 편안한 마음으로 조용히
살 수 있게 해주오시면
아니 되시옵니까…
오늘은 참으로 눈부시옵니다
드높은 가을 하늘의 맑음과 푸르름
눈부신 햇살 상쾌한 바람
진정 청명한 아름다운 가을이옵니다

별

언제 별을 보았던가
밤하늘을 쳐다볼 줄 모르는
사람이 되어 버렸다

밤길이 무서운 것도 아닌데
밤길 걸으며 별이 뜬 밤하늘을
바라본 적 없는 메마른 가슴

여든을 바라보는 연륜이란
이토록 욕망도 서정(抒情)도
메말라 없어지고 마는 걸까

오늘밤은 창문을 열고라도
밤하늘의 별을 찾아 봐야지
도시의 어둠 속에서도…

그토록 쏟아지듯 청청하던
별들이 어쩌다 간혹
눈에 뜨이는 희귀성

내 유년의 빛나던 별들은
다 어디로 사라지고
보일 듯 말 듯 보이지 않는…

목 고개 아프도록 밤하늘 쳐다보던
반짝이며 눈부시던 그때의
별들이 새삼스레 그립다

창공

높푸른 하늘을 올려다본다
목 고개 젖혀 마음껏
끝없는 창공이여!

가슴 가득 심취할 수 있는
넓음이 너무 좋다

하늘이 있어 하늘을
바라보고 땅이 있어
굳건히 밟고 걸을 수 있는
이 땅, 저 하늘…

마음껏 숨 쉬며 가장 단순한
욕망으로 살리

여든이 보이는 삶의 둔덕에서
지금은 건강할 수 있는 것이
가장 행복함이라고
진정 감사드리리라!

황혼 2

해질녘 노을이 아름답듯이
인생의 노을도 은빛으로
아름다워요

강가 벤치에 한가로이
앉아 있는 노부부의
뒷모습이 너무 아름다웠어요

은빛 머리카락
어깨를 감싸고 앉아 있는
사랑으로 충만한 모습

먼 인생의 항해에서
귀향하여 온 아늑함이
함께 바라보는 눈빛처럼

따스하게 배어나는 듯
그리도 행복해 보이는
아름다운 황혼…

태어남이 축복이라면
아름다운 황혼으로 살다
돌아감도 축복이리라

나의 하늘

하늘이 좋다
어느 때 보아도 그 너른 하늘
드높은 창공이여

계절 따라 마음도
달라지고 바라보는 느낌도
너무 다르다

언제 어느 곳에서도
바라볼 수 있는 그 하늘
마음의 위안이여

유년을 달리고 젊은 날의
꿈을 찾아 헤매이던 청춘

내 삶의 둔덕에서 언제나
바라보았던 그 하늘의 끝없음과
희망 그리고 절망과 방황…

그 모든 것의 저편에는
드넓은 하늘이 있어 위안과 사랑
때로 떠올리는 미소까지도

하늘이여! 드넓은 하늘이여
거기 그렇게 자리하고 있음이었네

아름답던 노을이여

강가에서 노을을 바라본다
지나간 세월 속 바라보았던 노을
잊히지 않는 날의 그 아름답던 노을이여!

젊은 날의 꿈을 버리고 홀로 찾은
강가에서 붉게 타오르던
노을빛에 감동하고 말았던

알 수 없는 미래에 대한 두려움과
항시 자존감을 잃은 자신의 초라한
모습으로 눈물 흘렸던 그 눈물까지도

기억하리라 생각했었던
그 아름답던 노을이
지금도 강가에 서면 강물에 비추이듯

떠오르는 그날의 기억들
여든이 닿아 있는 삶 속에서
이제껏 지워지지 않는

그 강가에서의 아름답던 노을이여
이제는 지나간 삶이 저 멀리서
손짓하는 듯 그리움이 되누나!

눈부신 햇살

태풍이 연거퍼 몰려왔었고
비가 온 날도 여러 날이었는데

갑자기 눈부신 햇살에
고개를 돌려 창문 쪽을 바라본다

맑고 파란 하늘이 눈길을 끌어가고
흰 뭉게구름이 두둥실 떠 있다

구름 사이로 빛나는 태양이 너무 눈부신
바라볼 수 없는 강한 햇빛을 토하고

7, 8월에도 볼 수 없었던
태양의 몸부림 작열灼熱하는

이 아침의 찬란한 햇살이여!
우울턴 마음까지 빛나게 하네

높푸른 하늘

높푸른 하늘을 보라
근심걱정 마음이 우울할 때
하늘을 바라보라

가을이 거기 높이 맑게 빛나리니
우울턴 마음 활활 털어 던지고
푸르름의 청량함에 취해 보세요

삶의 언저리에는
행복할 수만은 없는
때로 눈물 짓다가도 또 웃지요

울고 싶으면 마음껏 우세요
눈물은 신이 우리에게 주신
가장 값진 위안이어서

마음껏 눈물 흘렸을 때의
비어지는 가슴
조용한 위안이 되리라…

다시 웃을 수 있는 마음의
여유가 움트고 아주 소중한
깨우침을 갖게 되리라

꿈꾸는 아름다운 평원에서

1.
아름다운 평원으로
가리라

꽃 만발한 아름다운
평원으로 가서
가장 아름다운 꽃을 따고

온종일 거기 앉아서
푸른 하늘과 솜털로 핀
뭉게구름 바라보며

상상의 나래를
마음껏 펼치리라

2.
자연이 베푼 사랑과
충만함에 감사드리고
콧노래도 부르리라

바람이 불어오면
한아름의 꽃향기를

그대들에게 보내리
행복한 마음까지 가득 실어
함께 보내리라

바다가 보이는 아름다운
평원에서…

억새풀꽃

산책길에 나선 탄천길
키보다 더 웃자란 억새풀들이
탄천을 뒤덮고 있네

바람이 불 때마다
스산스럽게 춤추는 억새풀들
깊은 가을날의 정취를 뽐고 있다

왠지 모르게 억새풀이 좋다
가녀리면서 올곧게 키가 큰
억새풀의 품새

고운 빛깔도 아니면서
볼품도 없이 바람에 마냥
흐느적거리는 억새풀꽃

꽃이라 불러도 되는 걸까
처음 풀로 자라나서
가을에서야 활짝 피어났으니…

억새풀꽃이여!
가을바람에 맘껏 춤추는 모습
정녕 잊지 않겠네 억새풀꽃이여

세상의 가을 풍경

1.
여기 온통 가을이 눈부시게 만개해 있나이다
세상의 가을이 한 곳에 모여
경연을 벌리듯 오색찬란한
빛깔들을 자랑하고 있습니다

저 붉게 단풍진 나무 사이를
한없이 걷고 싶습니다
작열하던 여름의 끝자락을 붙잡고
붉게 물들어 온 가을 단풍
가을 단풍 길

2.
세상의 가을이 이리도 아름답습니다
연방 감탄을 터트려도
끝이 없는 아름다움입니다

가을 길을 걷고 싶지 않으세요
계절의 수려함이 너무 황홀해
가슴까지 벅차옵니다

어느 한 풍경도 놓치고 싶지 않은
가을 풍경 마음을 사로잡아
단풍 길에 뛰어들어
마음껏 소리치고 싶습니다

3.
메아리가 되어 그 산속에
오래오래 살고 싶습니다
붉게 타는 단풍이랑 쏟아진 빛의
투명한 빛깔이랑 하늘이랑 물빛이랑…

아아! 아름다운 빛깔 속에
파묻히고 싶습니다
가을이 이토록 아름다움인 것을
감격하나이다

떨어져 쌓인 단풍잎

곱기도 하여라
너를 밟기엔
마음 아프리라

계절이 그리도 바빠
지나가거늘
고운 잎새들 서럽겠네…

가을이 깊어
정원 가득히
떨어져 쌓인 단풍잎들

보는 것만으로도
가을의 정취에 흠뻑 젖어들고
어느새 가을은 저만치 가고 있네…

메타세콰이어 가로수 길

6월 어느 날 담양의
메타세콰이어 가로수 길을
지나갔었네

여름 초저녁 어스름한
어둠이 스며들 때쯤
깊은 감회에 젖으며

스쳐 지나가는 풍경들
멋진 메타세콰이어 가로수 길
하늘엔 살찐 초승달이 비추이고

담양은 그렇게 깊은 인상을
남겨 주었던 여행길이었네
지금도 뇌리 깊숙이 각인된

결코 쉽게 잊을 수 없는
난생 처음 떠나본 남도여행길
눈에 선한 그 아름답던 풍광들

하늘을 찌를 듯 우뚝 줄 지어
서 있던 메타세콰이어
그 가로수 길 잊을 수 없네

외갓집 가는 길

미루나무 길게 늘어선
언제나 정겨운 길

타박타박 걸어서
외갓집 가던 길

하늘엔 흰 구름 두둥실
흘러가던 여름날

개울 건너 참외밭
솔솔 꿀 같은 참외 내음

물방개 뱅글뱅글 물 위
동그라미 그리고

맴맴맴맴 귀청 찢던
매미 소리 들리는 듯

어릴 적 친구 얼굴들
지금 모두 어디 사는지…

미루나무 길게 줄 지어 선
그리운 외갓집 가는 길

회령포 마을

아름다운 회령포 마을
고향 안동에서 그리 먼 곳이 아닌데도
아직 한 번도 가본 적 없는 낯선 곳

영상으로 만나는 회령포는
너무 아늑하고 포근한 정감을
느끼게 하는 그림 같은 마을

벼가 익어가는 들판에
아름답게 수繡를 놓은 듯
상모춤을 표현해 놓은 솜씨

어느 분의 작품인지 참으로
감탄이 저절로 나는
살아 있는 명화를 보는 듯…

언제인가 고향에 가면 꼭
아름다운 회령포 마을엘 가리라
진정 풍요롭고 정겨운 마을

고향땅 지척에 두고서도 여지껏
한 번도 못 가 본 아쉬움이
새삼스레 후회로움에 젖게 합니다

꽃이 있는 마을

6월의 푸르름이여
아늑한 푸르름이
한없이 좋다

저 꽃들은 무슨 꽃일까
이름 모를 꽃들일지라도
마음을 사로잡는다

흰눈이 내린 듯
푸르름 한 켠에서
조용히 마음을 달랜다

산 아래 정겨운 작은 마을
사람들은 오손도손
더 정겨울 것만 같은

그리운 고향을 찾아간 듯
가슴 포근히 젖어오는
꽃이 있는 마을이여!

초가집

옛 모습 그대로 정겨운 초가집
단촌 외가집 그리웁구나
뒷산 떡갈나무 굴참나무
울타리에 떨어져 쌓이던 꿀밤
밤이면 산짐승 울음소리…

한밤중 잠 깨면 오스스 소름 돋히게
무섭던 그 시절 시골 밤풍경들이
정겨운 초가지붕 위로 아스라이 떠오르네
여름이면 돌담 위로 무성하던 호박넝쿨
꽃밭 가득 채송화 백일홍 봉선화 그립다네…

〈꿀밤: 도토리〉

예쁜 새들

1.
새야 새야 예쁜새야
왜 그리도 외로워 보이니
엄마 아빠 새도 없고
친구도 없느냐

웅크린 모습으로 금방이라도
눈물 흘릴 것만 같은
애처로운 새야 예쁜 새야
혼자서라도 훨훨 날아 보렴…

2.

노랑새 두 마리 정겨웁구나
마주보며 사랑을 속삭이나
예쁜 모습 너무 다정스러워
바라보는 내 마음도

사랑이 묻어나는 듯
애틋하고 사랑스런
그대로의 예쁜 모습으로만
오래오래 살아 있으렴

3.
동백꽃 나무에 앉은 작은 새야
아름다운 동백꽃 못 잊어 찾아온
너는 분명 동박새가 아니더냐
네 눈 언저리의 은백색 테두리

너무 선명한 눈매하며
진갈색 깃털이랑 참새를 닮은 것이
동박새임을 알려 주는구나
꼼짝도 않고 꽃만 사랑할 거냐…

남이섬의 가을

지금쯤 남이섬의 가을은
더 깊게 영글었으리라
쭉쭉 우람하게 큰 나무의
위용이 가슴 벅차게 한다

초등학교 아이들을 데리고
이웃 가족들과 다녀왔던
그 남이섬의 기억들과는
너무도 변해진 남이섬…

그 아이들이 성장하여 결혼을 하고
결혼한 그 아이의 아이가
대학생이 된 세월의 부피
가을이 다 가기 전 남이섬에 가보고 싶어라

9월의 억새꽃

가을이 왔나 봐
어쩜 억새꽃이 벌써 피었네
9월에 만나는 억새꽃은
참 젊어 보인다

바람 따라 춤추는 억새꽃
바람의 얼굴도 보여주며
억새꽃의 젊은 얼굴이
무척이나 신선하다

상큼한 가을 바람이 억새꽃을
따라 고운 춤사위를 보이고
외로움을 감추려 한 무리가 되어
의연히 아름답게 가을을 노래한다

고모리의 가을 풍경

고모리의 가을 풍경이
한 폭의 수채화처럼 아름답다
흘러가버린 가을의 흔적
잔잔한 여운까지 전해 준다

고모령 아래에 있다는
작은 마을의 은은한 정감
갈대숲까지도 정겨운 고모리의 가을
소슬한 가을바람까지 느끼게 한다

황홀한 빛깔의 가을 흔적은 없어도
마음을 어루이는 듯한 편안함
신선한 고요와 위안을 주는
은은한 고모리의 가을이여

가을의 흔적이 오래 남아 있어
애틋함과 그리움이 이네
경인년의 짧았던 가을 추억 속에
오래오래 나의 뇌리에 각인되기를…

억새꽃

산책길에 만난 억새꽃
가을바람에 마음껏 춤을 춘다

풀어 헤친 듯 부풀어진
억새꽃이 날아갈 듯
흔들거린다

몸 전체로 가을바람을 맞으며
춤추는 모습의 억새꽃이
너무 좋다

'꽃이라 하여 하나 같이
곱기만을 바라나요… 제 이름
제 생긴 모습으로 빛나고 있네요'

불꽃 속으로

천천히 아주 천천히
저 불꽃같은 가을 속으로
걸어 보세요

두 손 잡으며 걸어가는
따습한 사랑의 온기
믿음이며 행복이리라

함께 걸어가는 인생 길
바람 불거나 눈보라 쳐도
두 손 맞잡은 사랑의 힘

쓰러지지 않으리라
계절의 아름다운 순회 불꽃같은
가을은 이제 곧 겨울을 불러오리니…

용문사
은행나무

숲

두렵지 않으세요
아름드리 나무 숲이
경외감을 불러일으키며
경이로워요

수십 년일까요
수백 년쯤일까요
나무들이 지켜 온
그 세월이…

폭풍우도 지나가고
구름 바람 하늘
죄다 스쳐 지나간
흔적들 꿋꿋함이여

역사의 깊은 상처까지도
눈여겨보며
나무의 끝없는
뜨거운 애환哀歡이여…

보리의 추억

그림 속의 보리밭
옛 생각 더듬게 하네

보리가 익을 때쯤의
곤궁하던 옛사람들의 삶

보리 서리 보리 이삭 줍던
기억 새롭게 떠오르고

이제는 한낱 추억이 되어
보리 핀 들녘이 그립구나

보리밭 이랑마다 춤추던 모습
하늘을 날으며 우짖던 종달새

그 옛 시절의 풍경이
아련하게 떠오르네

보리 익어가고 찔레꽃 하얗게
피던 그리운 들녘이여!

꽃이여

바위산 비집고 피어난 꽃이여

바위산 뚫으며 꽃의 꿈을

아름답게 키웠으련…

산의 웅자雄姿와 꽃의

아련함이 한데 어울리어

꽃은 바위 틈에서 더 아름답네!

고사목 枯死木

죽어서 천년의 세월이 남아 있네
푸른 하늘과 숨 쉬는 땅의 아름다움
봄이 찾아들어 노란 민들레 피고
초록빛 풀잎 햇살에 반짝이네

비바람 눈보라 몰아치던 세월의
아픔을 가슴과 줄기 잎새로
다 끌어안고 이제는 잎새 하나
남기지 못한 고사목 되었네

너무나 의젓한 세월의 자태여
드높은 하늘 아래 홀로 늠름하다
인간사 기껏 일백년을 참고 버틸 수
없단 말인가 오! 유한의 삶이여…

고요의 숲

숲이여 그대를
보는 것만으로도
행복한

그대 곁으로 가서
초록빛 그늘 아래서
단잠을 자고 싶다

잎새 간지린
고운 바람
잠 든 이마를 스치며

번민의 밤도
덧없는 욕망도
죄다 씻어가리

드높은 하늘과
드넓은 대지의
싱그러움

고요의 아름다운
숲이여
항시 곁에 있어주오…

녹차밭

산자락이
마치 초록빛 융단을
깔아놓은 듯

부드러운 새 잎 돋아난
초록빛 생기로운 찻잎에서
풍기는 차茶향기
풋풋한 초록향기

치맛자락
큰 주름 잡아놓은 듯
펼쳐진 녹차밭이여

눈에 비추이는 아늑한
정경 아름다웠어라
오랜 시간 잊지 못할
추억이 되리

저토록 푸르른 물결의 요동
바람 속에서 차향기가
조용히 코끝을 스쳐간다

사계절

너무 아름다운 자연이
슬프도록 아픈 삶도
때로 곧장 잊게 한다

마치 스크린의 영상처럼
아름답게 펼쳐지는
사계절의 환상같은 풍경이여!

지친 인간의 영혼을
위무하며 정화시켜
삶을 사랑하게 하네

봄, 여름, 가을, 겨울
사계절의 아름답고 빛나는
자연의 그 유연한 변화여!

〈유연(油然): 저절로 일어나 형세가 왕성함〉

빛과 그늘

가을이 조용히 다가와 뿌려 놓은
빛과 그늘 황홀한 아름다움
빛이 머물고 있는 눈부신 자리
빛이 잠시 외면하고 돌아선 그늘
빛과 그늘이 함께 어우러져 빚은
가을날의 눈부신 풍광風光

호수는 온통 가을을 담고
가만히 내려다보는 하늘을 향해
자랑과 사랑과 감사함을 보낸다
가을을 주신이여 보배로운
가슴 가득 환희를 느끼게 하나이다
빛과 그늘의 조화로움이여!

산수유 꽃마을

봄이 맨 먼저 찾아오는
산수유 꽃마을
아늑한 산비탈

봄햇살 가득 물고
온 마을이 노랗게
물들어 있네

꽃이 있는 마을 사람들
꽃처럼 예쁜 마음을
품을 것만 같아라

옹기종이 모여 있는
작은 집들 돌아서면
일가친척 오손도손

꽃같이 아름답게 살으리
봄빛 가득히 산수유꽃
곱게 핀 정겨운 꽃마을이여!

정겨운 옛집

아침에 일어나면
마당을 쓸고
싸리비 자욱이 물결처럼
말끔히 쓸어진 넓은 마당

티끌 하나 없이
깨끗하던
허리 펴고 먼 하늘 바라보며
큰 숨 한번 몰아쉬고

활짝 열린 사립문으로
시원한 바람 불어오는
들일 나간 빈집에는
바둑이 혼자 졸고 있으리

감나무 대추나무
석류나무 배나무
한 여름내 푸르게
그늘 지우고…

가을이 되면
붉은 열매를 풍성히 달고
그 정겨운 옛집 생각
오늘 그리움이 되네

동화의 나라 선물

1.
초록빛 동화의 나라에
오심을 진심으로 환영합니다

제가 동화의 나라 가이드입니다
초록빛 동화의 나라에는 왕王도
대통령도 수상도 없답니다

자유롭게 살고져 하는
자유인만 모여 자유롭게 행복하게
거짓 없는 투명하고 아름다운 나라입니다

더구나 못생긴 개구리도 없고
바퀴벌레나 박쥐같은 놈도 없는
아름다운 꿈과 푸르른 바람과 별

2.
꽃들만 있는 그야말로
초록빛 동화 같은 나라입니다

마음껏 꿈을 꾸시다 가소서
꽃 같은 미소만 띄우소서
근심걱정 죄다 털어 놓으시고

하하하하 호호호호 후후후후
큰 소리로 웃다가만 가시오소서
응어리진 가슴 다 풀릴 때면 그때 돌아가십시오

먹지 않고 잠들지 않아도 피곤을 모르는
동화의 나라 초록빛 속에서 안식을 누리소서
제 신년新年의 선물입니다!

용문사 은행나무

천년 세월 가지마다
힘겹게 가늠하며

오늘도 청청한
용문사 은행나무여

그대를 바라보며
세월의 창연蒼然함을 생각하네

인걸은 가고 없어도
역사는 남겨지고

먼 훗날에도 이주
늠름凜凜한 자태로

그 자리에 자랑과 영광으로
존재해 있기를…

마음 깊이 기원하리다
천년의 긍지로운 은행나무여

〈천년의 나무라 생각하며…〉

마지막 가을 숲

마치 명화 같은 가을 숲
가슴 가득 무언가
밀려오는 포만감

표현할 수 없는
벅찬 마음의 설레임

울울한 가을 숲의
현란한 목소리가

내 가슴 깊숙이 고동소리
울리게 하는
오! 마지막 가을 숲이여!

삶의 행로

1.
삶의 꿈이 붉게 타는
노을 밭에서
지치지도 않고 살아서 헤엄을 친다

삶이야 언제나
언덕이 있고 바다가 있고
모래사막도 있기 마련

그리워하고 사랑하고
후회하면서 조금씩
둔덕을 넘으면

또 저만치 가로놓여진
험준한 산맥 지쳐서 쓰러져도
용기를 내어 넘어야 하리

2.
한순간 포기한다고
끝나는 삶이 아니기에
끈끈한 눈물과

한숨이 점철되어도
기쁨과 행복이 또
웃음을 흘리게 하네

사노라면 정녕
살아가노라면 굽이치는
강물을 만나고

비바람도 폭풍우도
잠시 찾아들지라도
아름다운 꽃과 새들도 만나리

3.

해일이 몰아친 후의
바다가 더 조용하듯
씨줄과 날줄이 엮이어

옷감이 짜여지듯
우리의 삶의 행로行路에는
기쁨과 슬픔 사랑과 미움

행복과 불행이 서로 엉겨 있어도
열심히 살아 있노라면
아름답게 열린 산책길에서

따뜻하게 웃을 수 있는
행복함과 여유로움이 있어
삶은 언제나 열린 길路이리라

순수한 자연

멋진 순간을 포착한
커다란 연잎 위
개구리의 모습이
참으로 편안하네요

넓직한 바위 위에
우산을 펴 놓은 듯
싱그럽고 크나큰 연잎 위
개구리는 정녕
망중한을 즐기고 있나봐요

자연 속에서 개구리를
만나는 것도
쉬운 일이 아닐 텐데
싱긋 미소가 떠오릅니다

흐뭇한 마음으로
순수하고 아름다운
자연이 주는 선물에
흠뻑 취하고 맙니다

그늘 깊은 나무

세월이 그늘 깊은 나무 줄기 위에서
한가로이 숨고르기를 하고 있습니다

너무 오랜 세월 달려온
힘겨운 삶도 돌이켜 보고
봄날의 따사로운 볕살에
움트던 여린 잎새들

폭풍우가 몰아치던 밤의
아픈 기억들도 떠올리며
빛 고운 가을날의 단풍잎
잎새 떨어진 앙상한 가지 위

포근히 내려 쌓이던 흰눈
그 모든 흔적들이 남기고 간
그늘 깊은 나무의 자랑스런 생명이여
감사함과 풋풋함으로

그대를 바라보는 사람들은
참으로 훈훈한 미소 띠웁니다

경주 계림

1.
경주 계림 그 가까운 곳에 살았었네
봄날이면 반 아이들을 데리고
계림 우거진 숲으로 가서
그림을 그리고 글짓기도 했었네

조금 떨어져 첨성대가 보이고
길 건너엔 안압지도 있었지
반월성에 올라 석빙고도 둘러보고
아이들은 마냥 즐거워했는데…

2.
천년고도 경주에서도 신라의
향기가 짙게 서려 있는 곳
어디엔가 큰 알덩이 숨어 있을 것 같은
착각을 불러오던 계림 우거진 푸른 숲

40여 년 전 떠나온 내 살던 곳
그때 그 아이들은 중년이 되었으련
천년의 푸르른 계림 숲 향기로움이
마냥 가슴속으로 스며드는 듯 설레임…

3.
그립고 그리워라… 경주에 가면
다시 그곳 찾아가 옛 신라의 향기와
세월이 지나간 삶의 흔적들을
느끼며 깊은 추억에 젖어 보리라

중년을 한창 넘고 있는 내가 가르쳤던
그 아이들도 만나보고 싶어라
더욱이 내 두 아이들이 태어난 그곳
경주는 제2의 고향인 것을…

〈2년간의 초등학교 교사 시절〉

가을 억새

한 생애 가을을 맞이한
나의 머리카락
가을 억새를 닮아 있네

깊은 가을의 사색만큼
가을의 짙은 향기처럼
생애 가장 소중한 황혼

돌아보는 삶의 긴 여정이
아스라이 눈앞에 펼쳐지는
그리움과 회한과 반성들

남아 있는 날의 애틋함이여
사랑하고 배려하고 감사하며
행복한 마음으로 살다가리

느티나무

느티나무의 수형은 어느 방향에서
보아도 마음을 사로잡습니다
이십 년밖에 되지 않는

내가 살고 있는 아파트에서
내려다보는 느티나무도
아름답기가 그지없습니다

바람이 불 때면 너울대는
잎들이 마치 춤을 추듯
그 나부낌이 남다릅니다

느티나무가 천년을 살면서도
재목이 되지 못해도 언제나
마을 사람들이 편히 쉴 수 있는

큰 그늘이 되고 마을을 지키는
수호목이 되어 모든 사람들의 마음 속에
오래오래 사랑으로 남아 있지요

돌담길

세월이 거기 오래 머물며
흔적痕迹을 남기고 있네

사람들마다 한번씩은
쓰다듬어 본 먼 조상님들의 체취
그 기억들까지도 생생히
남아 있을 것 같아

언제 보아도 조상님들의
우월한 솜씨
돌담길 옆에 서면 따뜻한
숨결까지 느껴질 것만 같네

세월을 이고 선 아름드리
나무의 위용과
해마다 돋아나는 풀잎들이 함께
어울려 푸르름을 더해주고

아득한 세월의 무게까지
전해 받는 듯 돌담길은 그렇게
많은 이야기를 뿜어내고 있네

짚신나물꽃과 잠자리

여름날 풀먹여 잘 다려 입은
모시옷을 보면
잠자리 날개 같다고 하더니

가볍고 투명한 잠자리 날개
사뿐히 짚신나물꽃에 앉아
무슨 얘기 하는가

긴 꽃대가 무척이나
시원스럽고 튼실하다고
칭찬을 하는 건가

충충이 피어나는 노란꽃이
아주 귀엽다고 어루이는가
잘생긴 잠자리 한 마리

짚신나물꽃은 또 무어라
잠자리를 어루이나
아름답고 그림 같은 정경이여!

솔밭길

한결같은 청청한 솔밭길
솔바람 불어오는 사잇길에
짙은 솔향기 솔솔솔

다정하게 나누이는
우정의 정담들
상쾌한 솔밭길이여

바라만 보아도
싱그러운 마음
풋풋한 설레임이

사시사철 푸르른
충절의 소나무여
그 푸른 정념情念 영원하리…

이름 모를 새

꽃사과 나무에 앉아 있는
아름다운 새여

네 어여쁜 모습
내 마음 죄다 빼앗아 갔네

네 이름은 무엇이뇨
머리 깃이 참 멋스럽다

꽃사과 나무 꽃마저
황홀해 보이고

봄빛까지도 찬란한
이름 모를 새여…

옹기 그릇

반짝반짝 반들반들 빛나는
장인匠人의 솜씨

조상님들 지혜롭게 음식을
갈무리 하셨던 보배로운 그릇

예나 지금이나 우리네 살림살이
장 담그고 김치 담고

부지런한 女人의 손길을 기다리는
정감 어린 옹기그릇들

삶의 관습이랑 방식들이
너무나 변해 있어도

마음 한켠으로 정겹고
눈길을 사로잡는 반가움이여

탐나지 않으세요
맘으로 눈으로 맘껏 가지세요

보랏빛 들판

온통 보랏빛 들판입니다
무슨 꽃인지 모릅니다
그냥 알고 있는 보랏빛 꽃
라벤더 꽃이라 말하렵니다

라벤더 꽃향기를 아십니까
많은 이들이 라벤더 향기를
좋아하지요

나도 무척이나 라벤더
꽃향기를 좋아합니다
라벤더 향기 나는 향수를 사고
세탁유연제도 라벤더향을 삽니다

저 보랏빛 들판의 꽃들이
죄다 라벤더 꽃이라 생각하렵니다
내게 있어 보랏빛은 늘 환상입니다

숯내공원

내 살고 있는 아파트 단지에
자리한 숯내공원

숯내공원 가까이 탄천이 흐르고
편리하게 꾸며진 산책길이 있어

아침저녁으로 운동을 하거나
산책하는 이들을 늘 볼 수 있지요

요즘엔 어디서나 잘 꾸며진
공원을 만날 수 있고 아름다운

꽃들을 감상할 수 있어
무척 행복한 마음이 됩니다

더욱 오월은 생기로운 신록과
곱게 핀 여러 가지 꽃들로 하여

모두가 건강한 미소와 웃음으로
행복한 마음이 되었으면 하는 바람입니다

고목古木

고목입니까 거목巨木입니까
세월의 무게에 상처뿐인 나무여

빛나던 시절의
아름답던 젊음

그 쇠잔한 기억의 끝은
사라지지 않는 역사가 되고

나무의 잎새는 여전히 고운
생기찬 연두빛으로 빛난다

고인 호수의 물빛이
나무 아래에서 한결 부드럽고

세월은 여전히 쉬임없이
한 치의 오차도 없이 흘러가누나

어느결에 7월의 문턱에 이르러
세월의 무상無常함에 숨가빠하노라

숲으로 가요

푸른 숲에는 알 수 없는
그리움들이 모여
서로 소근거리며
그리움을 나누일 것 같아요

세속의 어려움에 찌들어
마음 다친 이들이여
어느 하루라도
푸른 숲으로 가서

바람이 전해 주는 밀어랑
농익은 고요로 하여 설레이는
푸른 숲의 숨소리에
한동안 귀 기울이고

드높은 하늘도 쳐다보는
여유로움을
지친 도시의 거친 숨결
고이 잠재우지 않으려오

보랏빛 층꽃을 보며

보랏빛 층꽃이 고운
미소를 보냅니다

꽃을 보면 웃고마는
내 마음을 읽었나 봐요

소슬한 가을바람에 얼굴을 씻은
보랏빛 층꽃은 더 고운 빛깔로
빛을 냅니다

"산에는 꽃이 피네
꽃이 피네
갈 봄 여름 없이
꽃이 피네…"

소월 님의 시詩가 새삼
떠오릅니다

우리나라 山河에 '갈 봄 여름 없이'
피는 꽃이 너무 자랑스럽네요

아니에요! 겨울에도 피는 꽃들
어쩜 그리도 많은 섬세한 꽃들이
사철 피어나는지 고마운 마음 그지 없어요

길 1

길 저쪽에 누가 있나요
걷고 걸어도 끝이 없는 길
그 길 곁의 고운 나무들
잎새 여린 꽃들 우짖는 새여

드높은 푸른 하늘
가슴에 안기는 실바람
바람소리에 흔들리는
키 큰 나무들…

누군가 아름드리나무 곁에서
부르짖는 것 같은 목소리
지나간 세월이 말하지 않아도
아름드리나무들이 알고 있는 옛이야기들

바람 속을 달리고 달려
돌아온 메아리…

언제나 그 자리에서
세월이 지나가 버린
그루턱 위에서 먼먼 지난날의
발자국을 더듬고 있는 바람이여!

길 2

길 위에 내가 서 있다

어디에서 왔는가

또 어디로 가는가

알 수 없던 숱한 날들은 가고

이제는 가야 할 곳이 보이는

언덕에 와 있다

아주 천천히 눈여겨보면서

내 길을 가야 할 것 같다

새들

하이얀 눈꽃 쓴 나뭇가지 위
부풀린 겨울 옷 입고
나란히 앉아 있는
새들

춥지는 않는가
집은 어디 있는지
사랑스럽지만 안쓰러운
마음

그래도 함께 있으니
외롭지는 않겠네
귀여운 새들
언제나 함께 있으렴…

가을비 내리는 날의 풍경

비입니까, 안개입니까
차창 밖 산허리를 감고
한없이 피어나는 물안개

흔히 바라볼 수 없는
설레임을 안겨주는
운치 있는 풍경이여

가을비 내리는 10월의
마지막 화요일 친구들과의
버스여행이 마냥 행복했네

마음 깊숙이 젖어드는
비 내리는 날의 그윽한
가을산이여

산은 낮지만 첩첩이 쌓여 있고
아름다운 내 나라
가을 풍경에 흠뻑 취했노라…

사철나무 열매

어디 사철 푸르른 나무가
너뿐이더냐
허나 유독 너만 사철나무라는
이름으로 살고 있음은

볼품없어 보이던 네 열매도
오늘은 보석이듯 빨갛게
마냥 사랑스런 모습이구나

사람도 때에 따라서는 밉기도 하다가
어느 날 불현듯 어여쁜 모습이 되어
살풋 보내는 미소 또한 고와서
제 눈에 별이 되기도 하나 보다!

한겨울에도 푸른 잎새 자랑하던 사철나무
곱게곱게 영글어 내 눈길 끌어간
한 순간 취하게 하는 고운 열매를 달고 있네

바람의 노래

바람이 노래 부를 때
나뭇잎들이 춤을 춘다
잎새껏 몸 전체로 춤을 춘다

즐거움일까 몸부림일까
나뭇잎의 속내를
나는 모른다

다만 내 눈에는
춤이라고 춤추는 것이라고
생각하련다

제 마음대로 자신의 뜻대로
생각하는 버릇이
사람의 속성…

너무 많은 것을 알려 말라
사노라면 때로 단순함이
자신을 행복하게 하리니

바람아 노래 부르라
세찬 바람 소리에
깨어나는 영혼도 있으리라

바람아 불어라~
불어라 바람아~
내 마음도 때로는 춤을 추리다

강둑에 핀 노란꽃

강둑에 노란꽃이
가득히 피어 있다

너무 멀리 있어 무슨 꽃인지
알 수 없어도 눈길을 끌었다

지하철을 타고 가면서
지하 구간이 아닌 뚝섬을 지나

샛강이 흐르고 있는
강둑인가 보다

꽃을 바라봄은 즐겁다
마음이 항시 따뜻하게

열리는 듯한 느낌으로
행복한 기분이 된다

거목에게

아름드리나무여
긴 세월 이슬과 비와
바람과 눈을 맞으며

버티어 온 인고를
그 뉘 알리오

백년도 살 수 없던 사람의 운명
왜 그리도 슬픔은 많고
괴로움도 많았는지

아름드리나무의 생명 곁에서
엷은 미소 띄우노라

따뜻한 위안이여
때로 슬픔이 오고 아픔이
젖어들 때면 그대 찾아오리다

아름드리 거목巨木이여
위안의 미소로 하여 희망이 되는…

초가을 풍경

마알간 햇살이 비치는
창밖을 고즈넉히 내다본다

단풍나무랑 벚나무의 윗쪽은
제법 갈색빛을 띠고 있다

은행잎이랑 느티나무 잎은
반만큼 단풍 든 모습

아직은 푸른 잎의 감나무 사이로
잘 익은 감들이 가을임을 보여준다

푸른 나무들이 더 선연하고 맑고 밝은
햇살은 초가을이 분명한 下午

이 순간의 신선한 느낌과 변해 가는
自然의 경이로움으로…

내 마음은 행복한 초가을 햇살 닮은
미소를 머금는다

메밀꽃 풍경

달밤이었으면 좋겠네
대낮같이 환한 달밤
시골 하늘의 청청한 별빛과
하얀 메밀꽃은 얼마나
은은한 달빛 같을까…

메밀꽃이 하얗게 핀 달밤
언제인가 한번은
꿈꾸듯 그곳에 가서
이효석 님의 '메밀꽃 필 무렵'도
다시 한번 읽어 볼 수 있다면…

후기

詩를 쓰겠다는 마음가짐도 명시를 마음하는 욕망
도 없이 그냥 어쩌다 생각나는 말(낱말)이 두어 개만
연이어 떠오르면 그 말들로 쓸 수 있는 글을 쓰기
도 합니다.

때로 너무 일상적이고 산문적이고 부끄러울 수도
있지만 그건 내 삶의 위안이어서…

태어나 여든이 될 때까지 내 마음으로 한 것보다
타인의 뜻에 따라 소극적으로 행동하며 살아온 것
같아, 이제는 내 마음으로 내 뜻으로 남은 세월…
주어진 세월!

내 인생길 기쁨으로 즐겁게 행복한 마음으로 살려고 합니다.

지난 15년 모아 온 글 중에서 뽑아 본 것이 임영희 시집 3, 4집이 되고 다시 5, 6집을 꾸몄습니다.
부끄러울지라도 내 삶의 기쁨을 위해 행복함을 위해 그냥 그렇게 단순히 만족하려 합니다.

2021년 2월

임영희 林英姬

오랜 인생 속에서 완숙하게 익어가는 시상(詩想)의 깊은 매력이 꽃비처럼 우리 마음을 적시기를 소망합니다!

– 권선복
도서출판 행복에너지 대표이사

2020년에서 2021년으로 이어지는 한 해는 유난히 인류가 시련에 직면해야 했던 한 해가 아닐까 합니다. 코로나19로 인해 일상생활을 제한당하면서 생겨난 '코로나 블루'라는 유행어가 현재의 상황을 잘 설명해 줍니다. 작금의 현실은 모두가 힘을 모아 이겨내야 하는 시련인 만큼, 우리의 마음을 정화시켜 주고 긍정과 희망으로 다잡아줄 수 있는 도움이 반드시 필요한 시기에 이러한 도움을 줄 수 있는 것이 책, 그리고 문학의 강력한 힘입니다.

그런 의미에서 꾸준히 작품 쓰기를 계속하고 있는 임영희 시인의 제5·6시집 『봄 여름 가을 그리고 겨울』과 『아름다워라 산하여』는 우리에게 바로 이 순간 필요한 마음의 정화를 제공할 수 있는 아름다운 책입니다.

이 두 시집을 통해 시인은 아름답게 정제된 시의 언어와 예리한 관찰력으로 평범한 일상 속 사계절의 변화를 지켜보며, 혹은 명산과 명소에서 느낄 수 있는 자연의 경이로움을 노래하고, 동시에 이 세상에서 살아가는 모든 선량한 사람들에 대한 깊은 애정과 간절한 희망을 시로 노래하고 있습니다.

임영희 시인은 스스로 20년간은 시와 관계없는 삶을 살았고, 우연히 글쓰기를 시작하면서 15년이란 세월이 지나자 많은 글들이 모여… 2019년 12월 임영희 제3시집『그리워 한다고 말하지 않겠네』, 임영희 제4시집『꽃으로 말할래요』를 출판한 후, 남은 작품들로 5·6집을 다시 출판하게 되었다고 합니다. 이는 어려운 시절을 견뎌오고 오랜 세월 동안 삶에 부닥쳐 온 연륜이기에 이해하고, 말할 수 있는 완숙한 통찰이라 느껴집니다!

정제된 언어로 대자연의 경이와 인간에 대한 애정을 동시에 노래하는 임영희 시인의 목소리가 누구나 마음 한 구석에 품고 있을 순수한 자연의 감성을 일깨우기를 바라며 긍정의 힘으로 마법을 걸어 선한 영향력과 함께 힘찬 행복에너지가 대한민국 방방곡곡에 전파되기를 축원 드리며 출간을 진심으로 축하드립니다.

· 임영희 저자 약력 ·

· 안동 태생
· 안동사범 병설중학교 졸업
· 안동사범 본과3년 졸업
· 숙명여대 문과대 국어국문과 졸업
· 초등학교 교사 6년
· 1972년 월간 시 전문지 『풀과 별(신석정, 이동주)』 추천
· 현대시인협회 회원
· e-mail: vivichu429@hanmail.net
· 블로그: http://blog.daum.net/vivichu

가족요양 제도

가족요양제도란?

65세 이상의 아픈 내 가족을 직접 모시면서 급여를 받을 수 있는 제도

가족요양의 조건

1. 모시는 사람은 요양보호사 자격증을 취득해야 합니다.
2. 모시는 사람이 다른 일을 한다면 월 160시간보다 적게 일해야 합니다.
3. 그리고 모심을 받는 어르신은 고혈압, 뇌졸중, 치매 등 노인성 질환을
   가진 어르신들에게 발급되는 노인장기요양보험 등급을 받아야 합니다.

케어링이란?

국가에서 센터에게 지원금을 주고, 센터에서 요양보호사에게 급여를
나눠줍니다. 그래서 센터마다 모두 급여가 다릅니다.
케어링은 전국 최고 수준의 급여를 드리고, 전국적으로 이용이 가능한
센터입니다. 또한 사회적 기업을 추구하는 법인으로 투명하고 믿음직하게
요양보호사분들을 관리합니다.

2021년 1월 기준 가족요양 90분의 경우, 케어링에선
월 88만 원의 급여를 받을 수 있습니다.

케어링에서 가족요양을
시작하세요

케어링에서 가족요양 보호사님이
받으실 수 있는 급여는

90분 기준
연 1,056 만원

✓ 가족요양 (90분)
28,400원

✓ 가족요양 (60분)
21,200원

✓ 일반요양 (시급)
11,400원

케어링은 정부가 정한 인건비 비율보다
높은 기준으로 급여를 제공합니다.

이미 전국에 1,100명이 넘는 요양보호사님들이
높은 급여를 받고 계십니다. 지금 바로 전화주세요.

 케어링 방문요양

www.caring.co.kr   **1522-6585** ☎

Miracle capsule

미라클 캡슐

끈질긴 생명력 미네랄 **면역식품**
건강한 사람들의 웰빙 라이프 식품

인산죽염(주)
5대 150년 한의학 명가

피부 건강에 도움
염증 개선

면역력 증진
구리 9mg

듀얼케어 기능성
간기능 개선 피로회복

아연
정상적인 면역기능에 필요
정상적인 세포분열에 필요

구리
철의 운반과 이용에 필요
유해산소로부터 세포 보호

인산 김일훈 선생
죽염 발명가, 한방암의학 창시자

생명을 살리는 기업 인산죽염(주)

미라클 캡슐

난담반 효능

건강기능식품의 원료인 황산동(광물성한약재 담반)과 난백(달걀흰자위)을 합성한 물질

법제한 난담반은 각종 염증, 난치병, 암, 피부병 치료에 탁월한 효과

죽염의 효능

변비, 숙변제거, 구취제거 여드름, 피부미용, 축농증에 탁월한 효과

불순물(노폐물) 배출, 독성배출, 해독, 건강한 세포재생 촉진

면역천재

코로나19에 대한 저항성 확인

일반인보다 46배의 염증이 폐에 퍼져 있던 코로나19 확진자는 미라클캡슐 복용 후 7일 만에 건강을 회복

'난담반' 효능 30여년간 검증　　각종 항염·항암 치료에 탁월

코로나 환자 99% '건강회복'　　코로나 확진자 효과 탁월

Miracle capsule

인산선생의 활인구세 정신을 계승하여 그대로 제조하였으며, 죽염, 난담반, 약긴장 사리장, 유황오리 등 건강증진 질병개선, 항암효능이 있는 천연물질을 연구하고 개발하여 제조판매하고 있습니다. 일체의 첨가물을 사용하지 않고 100% 천연식품만 제조합니다.

인산죽염 대표이사(한의학 박사)최은아

JULIA
SINCE 1956

OPHIR
TIME REVERSING GOLD CREAM

물광 연어 골드크림
미백 + 주름개선 기능성 화장품

- 강력한 파워 재생효과
- 산삼줄기세포배양액
  함유로 항노화 효과
- 매일매일 집에서도
  럭셔리 24K골드관리
- DNA연어주사의
  원료인 PDRN성분을
  그대로

극강보습	물광피부
동안피부	피부정화
주름개선	탄력케어
피부결개선	피부미백
피부진정	장벽강화

DNA 연어주사의 원료인 PDRN 성분을 그대로
프랑스산 PDRN(연어DNA)과 순금, 병풀추출물을 함유한 피부과학 하이테크놀러지 크림

가격 ₩ 정가 230,000원, 구입가 115,000원 (50% 할인가격)
구입문의 010-3267-6277
국민은행 9-8287-6277-60
쇼핑몰 홈페이지 ksbdata.cafe24.com

오피에르 타임리버싱 물광 연어 골드크림을 구입하는
분에게 <행복에너지> 책 한 권을
동봉하여 보내드립니다.

아름다워라 산하여

초판 1쇄 발행 2021년 4월 15일

지은이 임영희 · **발행인** 권선복
캘리그라피 이형구 (한국손글씨디자인 연구회장, 국제손글씨pop 협회장,
　　　　　이형구캘리그라피 대표)
디자인 김소영 · **전자책** 오지영 · **마케팅** 권보송
발행처 도서출판 행복에너지 · **출판등록** 제315-2011-000035호
주소 (157-010) 서울특별시 강서구 화곡로 232
전화 0505-613-6133 · **팩스** 0303-0799-1560
홈페이지 www.happybook.or.kr · **이메일** ksbdata@daum.net

값 15,000원

ISBN 979-11-5602-880-2 (03810)
Copyright ⓒ 임영희, 2021

도서출판 행복에너지는 독자 여러분의 아이디어와 원고 투고를 기다립니다.
책으로 만들기를 원하는 콘텐츠가 있으신 분은 이메일이나 홈페이지를 통해
간단한 기획서와 기획의도, 연락처 등을 보내주십시오. 행복에너지의 문은
언제나 활짝 열려 있습니다.